BALLET
DV TEMPS

DEDIE' AV ROY.

Qui se dansera au Ieu de Paume du petit
Louure, aux Marests du Temple.

A PARIS,

Chez Pierre Chenavlt, au coin de la ruë
de la Bucherie, proche la Barriere.

M. DC. XXXIII.

AVEC PRIVILEGE DV ROY.

AV ROY,

IRE,

Les extremes obligations que i'ay dés long-
temps à Voſtre Majeſté, meriteroient de moy
iuſtement toute autre reconnoiſſance que celle-
cy. Voſtre Grandeur qui ne ſe peut exprimer,
demanderoit des choſes proportionnées à ce
qu'elle eſt; & ma petiteſſe ne pouuant rien
pardeſſus ſes forces, il faudroit qu'vne ingrati-
tude eternelle me faiſant perdre courage, me
rendiſt le plus infame de la terre: Et de fait,
i'eſtois preſque dedans ces termes, ſi mon deuoir
ne m'euſt fait reconnoiſtre viſiblement, qu'il
vous eſtoit (ſans comparaiſon) plus facile de
ſouffrir de moy ce que ie puis, que d'en attendre
ce qu'elle merite. Ce ſont les raiſons, SIRE,
qui m'ont fait ne craindre point de vous preſen-

A ij

ter vne chose, que vostre bonté m'a permis, &
donner à Vostre Majesté dequoy lire, ce dont
elle n'impreuuera pas l'effet, lors qu'elle aura
bien-heuré par sa presence, ce petit nombre de
vos subjets qui l'a mettent en execution. I'ay
laißé paroistre l'Harmonie, la Nature, & ses
Effets, außi bien que le Dieu du peuple, pour
faire l'essay d'vne chose nouuelle, auparauant
que de l'exposer aux yeux de Vostre Majesté:
Mais quand il y va de döner l'ordre au Temps,
le proteger, de faire du Iupiter, & ioüer de la
foudre, dont Vostre Majesté a plus fait de mer-
ueilleux effets, que toutes les Fables ne nous ont
peu faire de liures de leur Iupiter; C'est Vostre
Majesté seule, qu'il faut seruir de ce mets, &
faire voir à tous les habitans du monde qu'ils
sont außi bien que moy,

SIRE,

De Vostre Majesté,

Le tres-humble, tres-obeïssant, &
tres-fidelle subjet & seruiteur.
BALTHAZAR DV BVRET.

SVIET
DV BALLET
DV TEMPS.

TOVTES choses sont si absolument dep-pendantes de cette imperceptible durée que ces merueilles du Ciel, dont la structure est adorable, & ces brillantes varietez de Soleil, d'Astres, & d'Estoilles parfaitement admirables, ne receurent iamais l'ordre de leur creation que pour nous dóner cette incomprehensible durée du Temps. Cette verité est tellement infaillible, que quelque multiplicité de Dieux que aye eu

Premiere face de Theatre.

A iij

l'antiquité, ils l'ont tous vnanime-
ment si bien reconnu, que Mer-
cure fend les airs de leur part, vient
en terre, & par tous les coins d'i-
celle va l'annoncer publiquemét.

Il n'a pas si tost quitté le desferát
de son cercle que pour plus grande preuue de ce qu'il annonce; le
Temps luy mesme en forme visible descend du Ciel dedans les
nuées à la compagnie des Heures,
prend place en terre pour receuoir
les hommages de ceux, qui par la
connoissance de ce qu'il est, luy
viédront rendre ce qu'ils luy doiuent. Et de fait, les Dieux & les
Deesses qui semblent moins tenir
du Ciel que de la terre; des hommes ceux qui s'accommodent le
plus au Temps, sont les premiers
qui luy viennent rendre hómage.

Et les Fabuleux sous l'escorce
de leurs Fables, ont eu l'industrie

d'y assujettir les plus indompta-
bles de leur siecle. Atlas & Hercule, ces deux memorables He-
ros que l'on a tousiours conté
pour les bases & pour les colon-
nes de cette admirable edifice du
monde, n'ont pas si tost eu la connoissance du Temps, que resolus
de luy ceder leur pesante charge, *Musique*
ils la viennent deposer au lieu de *d'instru-*
l'ordinaire sejour de ce Tout-re- *mens de*
glant; & cherchant dans le mon- *vent.*
de d'autres diuertissemens auec *Ballet*
moins de charge, rencontrent d'a- *d'Atlas*
uáture Æole le grand Maistre des *& Her-*
Vents, à qui ces deux demy-Dieux *cule.*
n'ont pas si tost parlé du Temps,
que sçachant d'eux que toutes
choses luy estoient deuës, il amei- *Ballet*
ne en ce lieu quatre de ces Vents *d'Eole, &*
les plus puissans, pour prendre de *des qua-*
luy les diuers reglemens de leurs *tre vents.*
souffles.

MERCVRE a ſi puiſſamment per-
ſuadé la reconnoiſſance que toutes choſes doiuent au Temps, que
les quatre parties du globe terre-
ſtre le viennent reconnoiſtre de
la part de leurs habitans.

Cette aueugle Deeſſe qui ne
marche iamais que dedans l'in-
conſtance, & de qui le pouuoir
s'eſtend plus abſolument ſur les
hommes, fait deſſein de venir aſ-
ſujettir au Temps toutes ſes in-
ſtabilitez dont elle eſt ſouueraine
maiſtreſſe & ſur mer & ſur terre.

Elle paroiſt accompagnée des plus
agreables ſubjettes de l'Empire de
Neptune, qui la conduiſent pompeuſement aux accords de la dou-
ceur de leur voix. Elle remarque
dans la preud'hommie de ce Vieillart ie-ne-ſçay quoy veritablemét
digne de reſpect, & iugeant quelque legereté qu'elle aye, qu'elle ne
doit

doit qu'à luy seul les tours & des-
tours diuers de sa roüe ; & pour
luy venir rendre ces hommages
auec plus de ceremonie, va cher-
cher pour l'accompagner, de ses
plus fidelles cópagnes, trois Nym-
phes qui sympatisent le plus à son
humeur, & viennent rendre au
Temps ce qu'elles luy doiuent
toutes ensemble.

Ballet de la Fortu-ne, du Desir, de la Riches-se, & de la Beauté.

Les deuoirs de ces quatre vol-
lages diuinitez esclatent tellement
par tout, que dá Deesse la plus en
estime parmy les hommes, enuoyé
de ses Postillons pour sçauoir où
le Temps veut estre adoré, des-
quels ayant eu la connoissance,

Ballet des deux Po-stillons, & de la Re-nommée.

toute glorieuse qu'elle soit de pu-
blier par tous les coins de la terre
les choses les plus dignes de me-
moire, vient en toute reuerence
luy consacrer la melodie de sa voix,
& l'harmonie de sa trompette.

2.
RECIT de la Re-nómée.

Et ce petit Dieu qui paroist auoir le plus d'ascendant sur nos ames, enuoye trois de ces petits Amours, parez à la sorte qu'ils ont accoustumé d'assister aux Lupercalles de la Deesse Nopciere, pour rendre au Temps les honneurs de sa part.

Ballet de 3. petits Amours.

Ils ne se sont pas si tost acquitez de l'ordre de leur mission, qu'ils enuoyent encore aux pieds de sa reuerence, deux des plus fameuses Courtisannes de Corinthe, & qui leurs ont le plus acquis de victoires sur les hommes; lesquelles forcées de ceder au Temps, le reconnoissent auoir plus de puissance que leurs beautez.

Ballet de Lais & Lamia.

Mais l'Enuie qui n'a point de repos, suscite incontinant cette belle Reyne de Cythere, d'empescher ses subjectes de ceder à ce Vieillart, de sorte qu'elle enuoye auſſi-toſt deux de ſes Matrones les plus antiques, pour diuertir ces femmes du culte qu'elles rendent au Temps, & font tant qu'elles les chaſſent de deuant luy.

Toutesfois elle a beau faire cette Enuie, car le Temps eſt ſi generallement connû de tous ; & la Renommée a déia ſi auantageuſement ſemé le bruit de ſon nom par tous les coins du monde, qu'il a penetré iuſques dedans les lieux les plus ſecrets où les Sectateurs de l'agreable Dieu Comus ſe retirent, pour rendre au gaillard Baccus les deuoirs de la deſbauche, & les a contrains parmy le murmure & la confuſion de leurs ſacrifices, de reconnoiſtre le Temps.

Ils deputent vn de leurs petits Enfans, porté pompeuſement ſur vn des cabinets ordinaires de leur douce ambroſie, aduertir le Téps

Ballet de deux Vieilles, auec les deux Courti-ſannes.

3.
RECIT d'vn pe-tit Bac-cus.

B ij

de leur ioyeuſe venuë, & luy faire
ſçauoir que dedans la croyance
qu'ils ont, que toutes les choſes
ſont moins conſeruées par le téps
que par les vins, ils ſont de ceux
qui luy rendront le moins d'hó-
mages & plus de mocqueries. Et
de fait, quelques deſmarches qu'ils
faſſent deuant ce Vieillart, ce ne
ſont que toutes actions de riſées
qu'ils font au Temps, & pleines du
meſpris de ſa grandeur. Ils ſortent
peſle-meſle du Cabaret, l'eſprit
embaraſſé de la liqueur Bachique,
& ne portent que Tabac pour
tout encens, pour reuerences que
chancellement de corps, & pour
toutes ſubmiſſions que railleries
extrauagantes.

Ainſi tout eſt extremement
meſlé dedans ce Temps, car voicy
venir des Muguets qui apres auoir
longtemps ouy parlé de ce Vieil-

*Ballet de
ſix deſ-
bauchez.*

lart, iugent fainement qu'il s'y faut
neceffairement accommoder, &
l'ayant trouué, luy font la cour, Ballet des Muguets.
& n'eft pas iufques à leurs lacquais
mefmes qui ne courent pour voir
ce que c'eft, & n'y connoiffans Ballet des Lacquais.
rien, fe mocquét de leurs Maiftres
& de luy.

Les Amoureux tranfis qui paf-
fent les plus belles parties de leurs
vies dans l'entretien de leurs pen-
fées, & dans l'adoration des cruau-
tez de leurs Maiftreffes, tout tri-
ftes, & penfifs quittent les lieux
les plus folitaires de leur demeure,
& viénent accompagnez de deux
miferables paffions qui ne les a- Ballet des Amou-
bandonnent iamais, implorer le reux trã-
Temps & les Heures, de leur don- fis, de la
ner quelque partie de leut durée douleur,
qui puiffe diminuer ou foulager & du re-
en quelque forte les langueurs de gret.
leurs dolentes vies.

B iij

Chaque puiſſance trouue en fin le Temps de ſon regne, & la folie meſme auſſi bien que la ſageſſe, ne trouue que trop le Temps de ſe faire voir, car elle choque ſans nul eſgard toutes choſes viſibles. La terre ſouffre eſgalement les fols & les ſages ; & les Cieux tous celeſtes qu'ils ſoient, conſeruent auſſi bien dedans la pureté de leur matiere Momus, que leur Iupiter & leur Saturne.

De là vient que les fols ſe voyans authoriſez, ils ſ'attaquent meſme au Temps, & ſ'en font accroire au poinct qu'ils l'expulcent de ſon thrône, ſ'immiſſent en ſa place, & ſe préuallant du luſtre & de l'eſclat de ce lieu venerable, ſinges & bouffons qu'ils ſont, contrefont parfois ſi bien les ſages, Que ceux à qui l'âge a miné la meilleure partie des rares qualitez de l'eſprit,

quelques Venerables qu'ils pa-
roiſſent, courbez ſous le faix des
années, rendent pareil hommage
à la Folie qu'à la ſageſſe du Temps,
ne ſ'arreſtant qu'à quelque vaine
apparence qui brille & paroiſt à
leurs yeux, & tels gens ſont auſſi
dignemét recompenſez; car quelque repentence qu'ils ayent, ils
portent les armes de la folie dont
on leur couure la teſte.

Ballet des Fols & des Venerables.

Cett accident n'eſt pas encore
aſſez puiſſant pour ſeruir d'exéple
à deux des plus Vieilles du temps,
qui demeurant dans l'obſtination
de leur ſexe, veulent croire qu'elles ſont touſiours en meſme téps,
& auec leurs reuerences de trois
pieds & demy de bordure, rendent
à la Folie ce qu'elles doiuent au
Temps, & n'en reçoiuent que des
railleries pour toute ſatisfaction.

Ballet de deux Vieilles.

Mais le temps de la folie n'agrée pas long-temps, il est de peu de durée, n'estant fondé que dessus la legereté des esprits, & quoy que l'on le tollere, l'on fait paroistre tost ou tard que l'on ne l'appreuue pas. Aussi le Grand Altitonant, de qui la Prouidence eternelle prend vn soin particulier de toutes choses, ne pouuant approuuer le temps des bouffons, fait esclater sa foudre dans les esclairs, & paroist dedans le milieu de l'air, accompagné de sa musique ordinaire, dissipe ces fols, brise leurs marottes, & honnore luy mesme le thrône du Temps par l'harmonie de ses concerts, & luy fait changer de face.

5.
RECIT
de Iupiter.

La réjouïssance de ce bienfait court par tout, & les enfans des hommes l'en viennent remercier.

Grande bouffonnerie de six petits.

Et les

Et les plus sages d'entre les
Mortels luy font des actions de
graces, de ce qu'il a consacré par
la venuë le Temps & les Heures à
l'immortalité dedans son celeste
sejour.

Grand
Ballet.

Recit pour Mercure.

I'Ay quitté mon sejour & ma charge ordi-
    naire,
Et les Dieux sont contents
Que i'annonce icy bas le visible mystere
De la mode, & du Temps.

Vn chacun des humains forcé de mes messages,
    Connoistra son pouuoir;
Et le grand Iupiter qui protege les sages,
Met les fols au deuoir.

C

POVR MERCVRE.

Sur le sujet du Ballet.

Toutes ces visibles merueilles,
De Soleil, de Lune, & d'Estoilles
De qui vous attendez l'effait,
Qui nous charmans les yeux, arrestent nos
    pensées,
C'est pour le Temps que l'on le fait.

C'est au Temps que tout s'accommode,
Il fait & nous destruit la mode,
Et mesme les Dieux aujourd'huy,
Deesses & mortels, amoureux & les sages,
Enfin tout s'accommode à luy.

C'est par luy qui de tout dispose,
Où l'on reconnoist toute chose,
Qu'icy vous serez satisfaits ;
C'est vn Dieu qui le dit, en qui vous deuez
    croire,
Car il en connoist les effaits.

POVR ÆOLE, PRINCE
DES VENTS.

Q*V'ON ne s'eſtonne point ſi ſous le nom*
d'Æole,
Ie veux eſtre connû de la poſterité,
Puiſque dans nos concerts i'ay tant d'agilité,
Qu'on doute ſi ie danſe, ou pluſtoſt ſi ie volle.

POVR LES QVATRE PARTIES
DV MONDE.

D*ES quatre parts de l'Vniuers*
Où depuis qu'il eſt fait, tous nos yeux
ſont ouuers;
Aujourd'huy qu'en ce lieu nous ameine la
France,
Nos ſens ſont ſi rauis de ce que nous voyons,
Qu'il faudra que l'on nous diſpenſe
De retourner d'où nous venons.

C ij

Recit des Syrenes,
POVR LA FORTVNE.

DE l'humide sejour où regne l'incõstance,
Nous conduisons icy la Fortune à vos
    yeux;
Esperant que dedans la France,
Elle apprendra de vous quelque chose de mieux.

Vos yeux ont des apas si doux de dãs leur chãge,
Que iamais ses effets n'eurent rien de si beau;
L'on voit dans vos habits vn si parfait meslãge,
Qu'elle s'en doit couurir n'estãt plus de dãs l'eau.

POVR LA RENOMMEE.

MOy dont l'œil iamais ne sommeille,
Et la trompe d'airain sonne par l'vni-
Ie tonne dans l'oreille,   (uers,
Et i'ay tousiours les yeux ouuers
Pour annoncer du Tẽps les mysteres couuers.

J'ay couru tout le tour du monde,
Ie n'ay iamais rien veu qui soit esgal à luy;
Et d'vne ame profonde
Ie me viens aujourd'huy
Prosterner deuant luy.

POVR MOMVS.

Sans esgard du Temps ny de l'Heure,
Mon accez est libre en tous lieux;
Et par tout où ie veux i'establis ma demeure,
Sur la terre, où dedans les Cieux.

Le Temps n'eut iamais la puissance
D'entreprendre sur mon pouuoir;
Et quelque vieux qu'il soit, toute sa resistãce
Est foible contre mon vouloir.

B. DV BVRET.

SVivant & conformément au Breuet don-
né par le Roy à Horace Morel, Commiſſaire
general de ſes feux d'artifice, en datte du 17. de
May 1631. ſigné L O V I S, & plus bas, De Lo-
menie ; Et depuis verifié par Monſieur le Lieu-
tenant Ciuil, & du conſentement de Monſieur le
Procureur du Roy, en datte du 8. Nouembre
1632. au pied d'vne requeſte preſentée par ledit
Morel ; Luy & ſes Aſſociez en la conduitte des
Ballets qu'ils doiuent repreſenter publiquemẽt,
en vertu dudit Breuet qu'il en a de ſa Majeſté,
& verification d'iceluy ; ont choiſi ſous le bon
plaiſir de ſadite Majeſté, & de Monſieur le Lieu-
tenant Ciuil, Pierre Rocolet, Pierre Chenault,
& Iean Martin, pour imprimer, vendre, & diſtri-
buer tout ce qui concernera generalement leſdits Ballets. Promettant de les proteger enuers
& contre tous, & faire ſaiſir toutes autres cop-
pies qui ſe trouueroient faites par autres que les
ſuſdits Imprimeurs & Libraires, cõme il eſt plus
amplement porté par l'accord fait entre leſdits
Morel & ſes aſſociez ; & leſdits Rocolet & con-
fors, le ſeptiéme iour de Decembre, mil ſix cens
trente deux.

ORDRE DES ENTREES
DE CE BALLET.

RECIT DE MERCVRE.

Ballet du Temps & des Heures.

Mufique d'inftrumens de vent.

Ballet d'Atlas, & d'Hercule.

Ballet d'Æole & des quatre Vents.

Les 4. parties du monde.

Entrée de la Fortune, & de deux Syrenes.

Ballet de la Fortune, du Defir, de la Richeffe, & de la Beauté.

Ballet des deux Poftillōs, & de la Renommée.

RECIT DE LA RE-NOMMEE.

Ballet de trois petits Amours.

Ballet de Laïs & Lamia.

Ballet de deux Vieilles, auec les deux Courtifannes.

RECIT D'VN PETIT BACCVS.

Ballet de fix débauchez.

Ballet des Muquets.

Ballet des Lacquais.

Ballet des Amoureux tranfis, de la douleur & du regret.

RECIT DE MOMVS.

Ballet de Momus & fes compagnons.

Ballet des Venerables.

Ballet des Fols & des Venerables.

Ballet de deux Vieilles.

RECIT DE IVPITER.

Grande bouffonnerie de fix petits.

Grand Ballet.

FIN.

9 782019 249113